我會說故事

狼來了

新雅文化事業有限公司

www.sunya.com.hk

我會説故事
狼來了

插　　畫：靜宜
責任編輯：甄艷慈
美術設計：李成宇
出　　版：新雅文化事業有限公司
　　　　　香港英皇道499號北角工業大廈18樓
　　　　　電話：（852）2138 7998
　　　　　傳真：（852）2597 4003
　　　　　網址：http://www.sunya.com.hk
　　　　　電郵：marketing@sunya.com.hk
發　　行：香港聯合書刊物流有限公司
　　　　　香港荃灣德士古道220-248號荃灣工業中心16樓
　　　　　電話：（852）2150 2100　傳真：（852）2407 3062
　　　　　電郵：info@suplogistics.com.hk
印　　刷：中華商務彩色印刷有限公司
　　　　　香港新界大埔汀麗路36號
版　　次：二〇一四年七月初版
　　　　　二〇二三年一月第八次印刷
版權所有・不准翻印

ISBN 978-962-08-6155-0

給家長和老師的話

　　對於學齡前的孩子來說，聽故事、說故事和讀故事，都是他們樂此不疲的有趣事情，也是他們成長過程中一個非常重要的經驗。在媽媽、老師那溫馨親切的笑語裏，孩子一邊看圖畫，一邊聽故事，他已初步嘗到了「讀書」的樂趣。接着，再在媽媽、老師的教導下，自己學會說故事、讀故事，那更是給了孩子巨大的成功感。

　　本叢書精選家喻戶曉的著名童話，配上富有童趣的彩色插畫，讓孩子看圖畫，說故事，訓練孩子說故事、讀故事的能力。同時也訓練孩子學習語文的能力——每一個跨頁選取四個生字，並配上詞語，加強孩子對這些字詞的認識。詞語由故事內的詞彙擴展到故事外，大大豐富了孩子的詞彙量。故事後附的「字詞表」及「字詞遊樂園」，既讓孩子重溫故事內的字詞及學習新字詞，也增加了閱讀的趣味性。

　　說故事是一種啟發性的思維訓練，家長和老師們除了按故事內的文字給孩子說故事之外，還可以啟發孩子細看圖畫，用自己的語言來說一個自己「創作」的故事，這對提升孩子的語言表達能力和想像力會有莫大神益。

　　願這套文字簡明淺白，圖畫富童趣的小叢書，陪伴孩子度過一個個愉快的親子共讀夜或愉快的校園閱讀樂時光，也願這套小叢書為孩子插上想像的翅膀！

yáng
羊

yáng qún
羊羣

mián yáng
綿羊

cǎo
草

cǎo dì
草地

qīng cǎo
青草

yǒu yí gè xiǎo hái zi   tā měi tiān dōu gǎn
有一個小孩子，他每天都趕

zhe yáng qún shàng shān chī cǎo
着羊羣上山吃草。

dāng
當

dāng rán
當然

dāng xīn
當心

zuò
坐

zuò zài
坐在

zuò chē
坐車

dāng yáng qún zài chī cǎo shí   tā jiù dú zì
當羊羣在吃草時，他就獨自

zuò zài shān pō shang wán shuǎ
坐在山坡上玩耍。

tài
太

tài kōng
太空

tài yáng
太陽

jū
居

jū zhù
居住

jū mín
居民

xiǎo hái zi jué de tài wú liáo le yú shì
小孩子覺得太無聊了，於是

tā jiù xiǎng hé jū zhù zài shān xià mian de cūn mín men
他就想和居住在山下面的村民們

miàn

面

jiàn miàn

見面

miàn duì

面對

kāi

開

kāi xīn

開心

kāi shǐ

開始

kāi wán xiào　　zhuō nòng tā men

開玩笑，捉弄他們。

xiàng
向

xiàng zhe
向着

fāng xiàng
方向

hǎn
喊

jiào hǎn
叫喊

hǎn shēng
喊聲

yǒu yì tiān   tā tū rán xiàng zhe shān xià
有一天，他突然向着山下
dà shēng jiào hǎn qi lai   láng lái le   láng
大聲叫喊起來：「狼來了，狼

láng
狼

yě láng
野狼

láng bèi
狼狽

kuài
快

kuài lái
快來

kuài lè
快樂

lái le　　　kuài lái rén bāng wǒ a
來了，快來人幫我啊！」

cūn
村

cūn mín
村民

shān cūn
山村

mù
木

mù bàng
木棒

mù bǎn
木板

shān xià de cūn mín tīng dào le lì kè
山 下 的 村 民 聽 到 了 ， 立 刻

ná shàng chú tou mù bàng gǎn dào shān shang qu
拿 上 鋤 頭 、 木 棒 趕 到 山 上 去 。

shān
山

shān shang
山上

shān pō
山坡

wèn
問

chá wèn
查問

wèn dá
問答

tā men dà shēng wèn
他們大聲問：「狼在哪兒？狼在
láng zài nǎr　　láng zài
nǎr
哪兒？」

mín
民

rén mín
人民

mín zhòng
民眾

pāi
拍

pāi shǒu
拍手

qiú pāi
球拍

xiǎo hái zi jiàn dào cūn mín men de yàng zi
小孩子見到村民們的樣子，

pāi shǒu dà xiào shuō méi yǒu láng a
拍手大笑，說：「沒有狼啊！

<ruby>玩<rt>wán</rt></ruby>

<ruby>玩<rt>wán</rt></ruby> <ruby>笑<rt>xiào</rt></ruby>

<ruby>玩<rt>wán</rt></ruby> <ruby>耍<rt>shuǎ</rt></ruby>

<ruby>去<rt>qù</rt></ruby>

<ruby>來<rt>lái</rt></ruby> <ruby>去<rt>qù</rt></ruby>

<ruby>失<rt>shī</rt></ruby> <ruby>去<rt>qù</rt></ruby>

<ruby>我<rt>wǒ</rt></ruby> <ruby>是<rt>shì</rt></ruby> <ruby>和<rt>hé</rt></ruby> <ruby>你<rt>nǐ</rt></ruby> <ruby>們<rt>men</rt></ruby> <ruby>開<rt>kāi</rt></ruby> <ruby>玩<rt>wán</rt></ruby> <ruby>笑<rt>xiào</rt></ruby> <ruby>的<rt>de</rt></ruby> ！」<ruby>村<rt>cūn</rt></ruby> <ruby>民<rt>mín</rt></ruby> <ruby>們<rt>men</rt></ruby>

<ruby>下<rt>xià</rt></ruby> <ruby>山<rt>shān</rt></ruby> <ruby>去<rt>qù</rt></ruby> <ruby>了<rt>le</rt></ruby> 。

tiān
天

tiān shàng
天上

tiān zhēn
天真

jiào
叫

dà jiào
大叫

jiào zuò
叫做

dì èr tiān　　xiǎo hái zi yòu dà jiào le
第二天，小孩子又大叫了：

láng lái le　　láng lái le
「狼來了，狼來了！」

14

gǎn
趕

gǎn máng
趕忙

gǎn kuài
趕快

dào
到

lái dào
來到

bào dào
報到

cūn mín men tīng dào hòu yòu gǎn shàng shān qù
村民們聽到後又趕上山去，

què kàn bu dào láng　　cūn mín men shēng qì　le
卻看不到狼。村民們生氣了。

zhēn
真

zhēn de
真的

zhēn jiǎ
真假

pà
怕

hài pà
害怕

kǒng pà
恐怕

guò le bù jiǔ　　　láng zhēn de lái le
過了不久，狼真的來了，

xiǎo hái zi hěn hài pà　　　tā gāo shēng dà jiào
小孩子很害怕，他高聲大叫：

mìng
命

jiù mìng
救命

shēng mìng
生命

chī
吃

chī yáng
吃羊

chī fàn
吃飯

jiù mìng a　　　lángzhēn de lái le　　láng yào chī
「救命啊，狼真的來了，狼要吃

yáng le
羊了！」

yǐ
以

yǐ wéi
以為

kě yǐ
可以

lǐ
理

lǐ huì
理會

dào lǐ
道理

dàn shì cūn mín men yǐ wéi xiǎo hái zi yòu zài
但是村民們以為小孩子又在

sā huǎng suǒ yǐ méi yǒu lǐ huì tā
撒謊，所以沒有理會他。

guǒ
果

jié guǒ
結果

hòu guǒ
後果

kū
哭

kū qì
哭泣

kū jiào
哭叫

jié guǒ　　láng bǎ yáng chī diào le　　xiǎo hái
結果，狼把羊吃掉了，小孩

zi hòu huǐ de kū le
子後悔地哭了。

x

19

字詞表

頁碼	字	詞語	
4-5	yáng 羊	yáng qún 羊羣	mián yáng 綿羊
	cǎo 草	cǎo dì 草地	qīng cǎo 青草
	dāng 當	dāng rán 當然	dāng xīn 當心
	zuò 坐	zuò zài 坐在	zuò chē 坐車
6-7	tài 太	tài kōng 太空	tài yáng 太陽
	jū 居	jū zhù 居住	jū mín 居民
	miàn 面	jiàn miàn 見面	miàn duì 面對
	kāi 開	kāi xīn 開心	kāi shǐ 開始
8-9	xiàng 向	xiàng zhe 向着	fāng xiàng 方向
	hǎn 喊	jiào hǎn 叫喊	hǎn shēng 喊聲
	láng 狼	yě láng 野狼	láng bèi 狼狽
	kuài 快	kuài lái 快來	kuài lè 快樂
10-11	cūn 村	cūn mín 村民	shān cūn 山村
	mù 木	mù bàng 木棒	mù bǎn 木板
	shān 山	shān shang 山上	shān pō 山坡
	wèn 問	chá wèn 查問	wèn dá 問答

頁碼	字	詞語	
12-13	mín 民	rén mín 人民	mín zhòng 民眾
	pāi 拍	pāi shǒu 拍手	qiú pāi 球拍
	wán 玩	wán xiào 玩笑	wán shuǎ 玩耍
	qù 去	lái qù 來去	shī qù 失去
14-15	tiān 天	tiān shàng 天上	tiān zhēn 天真
	jiào 叫	dà jiào 大叫	jiào zuò 叫做
	gǎn 趕	gǎn máng 趕忙	gǎn kuài 趕快
	dào 到	lái dào 來到	bào dào 報到
16-17	zhēn 真	zhēn de 真的	zhēn jiǎ 真假
	pà 怕	hài pà 害怕	kǒng pà 恐怕
	mìng 命	jiù mìng 救命	shēng mìng 生命
	chī 吃	chī yáng 吃羊	chī fàn 吃飯
18-19	yǐ 以	yǐ wéi 以為	kě yǐ 可以
	lǐ 理	lǐ huì 理會	dào lǐ 道理
	guǒ 果	jié guǒ 結果	hòu guǒ 後果
	kū 哭	kū qì 哭泣	kū jiào 哭叫

字詞遊樂園

躲進門裏去

小朋友，大壞狼來了，我們把這些字帶進門裏躲起來吧！請仿照例子寫一寫，看看這些字放進門裏會變成什麼字。

例子　開　＝　門　＋　　开

1.　閃　＝　門　＋　＿＿＿＿

2.　＿＿＿＿　＝　門　＋　才

3.　閘　＝　門　＋　＿＿＿＿

4.　＿＿＿＿　＝　門　＋　月

5.　闊　＝　門　＋　＿＿＿＿

6.　＿＿＿＿　＝　門　＋　各

7.　閱　＝　門　＋　＿＿＿＿

8.　＿＿＿＿　＝　門　＋　心

村民找朋友

小朋友，村民們一聽狼來了就跑上山幫小孩子打狼。現在你來替村民們找到含有「木」的朋友吧。請你仿照例子，把下面那些含有「木」的字圈起來，看看你能找到多少個？如果不會讀這些字，可請爸媽或老師教你喲！

拍　弄
校　　枝　李
　樓
趕　　狼　捉　果
　棒　　松　　頭
杏　撒
掉　樹材　條　本
　　　梅　理
　悔　　　　突
樣　技　根　村　東
　都　　　例子

附《狼来了》简体字版

P.4-5

yǒu yí gè xiǎo hái zi　　tā měi tiān dōu gǎn zhe yáng qún shàng shān chī cǎo
有一个小孩子，他每天都赶着羊群上山吃草。

dāng yáng qún zài chī cǎo shí　　tā jiù dú zì zuò zài shān pō shang wán shuǎ
当羊群在吃草时，他就独自坐在山坡上玩耍。

P.6-7

xiǎo hái zi jué de tài wú liáo le　　yú shì tā jiù xiǎng hé jū zhù zài shān xià mian de cūn
小孩子觉得太无聊了，于是他就想和居住在山下面的村

men kāi wán xiào　　zhuō nòng tā men
们开玩笑，捉弄他们。

P.8-9

yǒu yì tiān　　tā tū rán xiàng zhe shān xià dà shēng jiào hǎn qi lai　　láng lái le
有一天，他突然向着山下大声叫喊起来：「狼来了，

lái le　　kuài lái rén bāng wǒ a
来了，快来人帮我啊！」

P.10-11

shān xià de cūn mín tīng dào le　　lì kè ná shàng chú tou　　mù bàng gǎn dào shān shang qu
山下的村民听到了，立刻拿上锄头、木棒赶到山上去

tā men dà shēng wèn　　láng zài nǎr　　láng zài nǎr
他们大声问：「狼在哪儿？狼在哪儿？」

P.12-13

xiǎo hái zi jiàn dào cūn mín men de yàng zi　　pāi shǒu dà xiào　　shuō　　méi yǒu láng a
小孩子见到村民们的样子，拍手大笑，说：「没有狼啊

wǒ shì hé nǐ men kāi wán xiào de　　cūn mín men xià shān qù le
我是和你们开玩笑的！」村民们下山去了。

P.14-15

dì èr tiān　　xiǎo hái zi yòu dà jiào le　　láng lái le　　láng lái le　　cūn mín
第二天，小孩子又大叫了：「狼来了，狼来了！」村民

tīng dào hòu yòu gǎn shàng shān qù　　què kàn bu dào láng　　cūn mín men shēng qì le
听到后又赶上山去，却看不到狼。村民们生气了。

P.16-17

guò le bù jiǔ　　láng zhēn de lái le　　xiǎo hái zi hěn hài pà　　tā gāo shēng dà jiào
过了不久，狼真的来了，小孩子很害怕，他高声大叫

jiù mìng a　　láng zhēn de lái le　　láng yào chī yáng le
「救命啊，狼真的来了，狼要吃羊了！」

P.18-19

dàn shì cūn mín men yǐ wéi xiǎo hái zi yòu zài sā huǎng　　suǒ yǐ méi yǒu lǐ huì tā
但是村民们以为小孩子又在撒谎，所以没有理会他。

jié guǒ　　láng bǎ yáng chī diào le　　xiǎo hái zi hòu huǐ de kū le
结果，狼把羊吃掉了，小孩子后悔地哭了。